三國風雲人物傳 12

# 忠勇虎將趙雲

宋詒瑞 著

新雅文化事業有限公司
www.sunya.com.hk

# 目錄

第一章　擇木而棲覓仁君

少年失怙　　　6

初識劉備　　　15

擇定仁主　　　20

失散重聚　　　25

第二章　四處征戰常勝將

汝南顯威　　　33

荊州立功　　　42

大戰新野　　　50

博望之戰　　　54

本書內容參考並改編自史書
《三國志》、小說《三國演
義》及其他有關資料。

第三章　衝鋒陷陣救幼主

長坡護主　　　60

接回軍師　　　79

護主入贅　　　82

截江奪主　　　91

第四章　虎威將軍一身膽

智取桂陽　　　98

助收益州　　　105

空營妙計　　　110

第五章　老當益壯報蜀漢

南征北戰　　　119

北伐柱樑　　　124

完美人物　　　137

# 三國人物關係圖

## 曹操陣營

 謀士

 郭嘉 字奉孝

軍師

 蔣幹 字子翼

司馬懿 字仲達

 曹操 字孟德

 武將

張郃 字儁乂

 張遼 字文遠

 夏侯惇 字元讓

 曹洪 字子廉

護衛

 許褚 字仲康

## 劉備陣營

 五虎大將軍

 關羽 字雲長

義兄弟

 張飛 字翼德

義兄弟

 趙雲 字子龍　馬超 字孟起

 黃忠 字漢升

 劉備 字玄德

皇叔

妻子

 武將

義子

 關平 字坦之

 周倉 字元福

 謀士

軍師

哥哥

 諸葛亮 字孔明

# 孫權陣營

孫權 字仲謀

家族

哥哥  孫策 字伯符

父親  孫堅 字文臺

妹妹  孫尚香

生母  吳夫人

軍師

**武將**

 周瑜 字公瑾　　 太史慈 字子義

 黃蓋 字公覆　　 呂蒙 字子明

**謀士**

 張昭 字子布　　 魯肅 字子敬

 張紘 字子綱　　 諸葛瑾 字子瑜

# 天子及諸侯們

漢獻帝

父親

漢靈帝

脅持

董卓 字仲穎

**武將**

義子  呂布 字奉先

 華雄

袁術 字公路

弟弟

袁紹 字本初

**武將**

 顏良

 文醜

# 第一章
## 擇木而棲覓仁君

### 少年失怙

東漢末年，奸臣董卓控制朝廷，導致國家混亂不堪。初平元年（公元190年），十八方諸侯組成關東盟軍反抗董卓，但由於彼此不同心抗敵，盟軍很快於第二年便瓦解。盟軍解散後，幽州的奮武將軍公孫瓚與渤海太守袁紹合作取冀州，卻被袁紹捷捉先登，公孫瓚派其弟公孫越前往要求分地又被袁紹殺害，大怒之下出兵兩萬，與袁紹在磐河相峙。

　　那一日，袁軍在界橋擊鼓開戰。袁紹的勇將文醜**一馬當先**，揮槍衝上橋挑戰，公孫瓚跨上他的白馬坐騎上前迎戰。兩人刀來槍往，交手十多個回合，上了年紀的公孫瓚漸漸不支，正在危急之時，忽見有一員年輕將領挺槍飛馬殺出，擋在他前面接手與文醜交戰。這位將領**英氣浩然**，一把長槍舞得上下翻滾，得心應手，與資深猛將文醜對戰了六十多個回合不分勝負。文醜心中暗暗吃驚，見對方又有一支隊伍殺到，自知大勢已去，便回馬就逃。

　　這位救公孫瓚於危急中的年輕將

領就是身高八尺、**英姿煥發**的常山真定人趙雲，字子龍。

趙雲擁有出色本領並不出奇，他出身於武官世家。先祖趙佗是秦漢時代的風雲人物，曾是為秦始皇出征的將軍，後佔領嶺南自稱南越王，王位傳了四代，最後向漢武帝稱藩，其後家族就不那麼顯赫了。趙雲的太祖父趙苞曾是遼西太守，當年親自率軍與常年擾亂邊境的羌人作戰，威名遠播。祖父趙義則是一名武藝高強的武官，但因為不滿西漢朝廷腐敗，毅然辭官隱居。到了趙雲的父親趙安一代，家庭發生了一場悲劇……

一身武藝的趙安與師弟李仁定本來同為漢少帝劉辯的貼身護衞，**忠心耿耿**，深受少帝信任。董卓亂政後，一心想奪取少帝手中的護國寶劍和兵書珍本《樂毅百戰書》，少帝就把這兩件寶物交予趙安和李仁定，囑咐他們悄悄離開朝廷，隱身在民間，保護寶物。但是後來趙安還是被董卓的爪牙夏侯傑殺害，他的妻子悲痛欲絕，自盡離世。

趙雲失去了父母，和哥哥兩人成了孤兒，李仁定把他當作親兒子收養，不僅請飽學之士教他讀書學禮，還聘請了著名武師傳授他各種武功。趙雲聰明好

學，又勤奮努力，很快就學會了一身武藝，而且**知書識禮**，仁厚待人。

李仁定經常給趙雲講述趙安的往事，所以趙雲心中很明白，父親是死於篡權亂政的奸臣之手，漢室陷於**生死存亡**的關頭，作為一名有志青年，要擔負起剿殺奸賊、匡扶漢室的重任，這不僅是為父報仇，更是對國對民應盡的責任。

轉眼間，趙雲已是一名堂堂男子漢了。那天，李仁定把趙雲叫來坐定，臉色凝重，他開口道：「子龍，近來的天下大勢你都知道吧？」

「知道。反董聯盟**無疾而終**，各

地諸侯混戰，天下大亂呢！」趙雲很關心國家大事，密切注視着局勢發展。

「現在出大事了！幽州的公孫瓚與袁紹反目，上書朝廷訴說袁紹的十大罪狀，並且號召各州郡一同起兵討伐袁紹。我們常山郡在袁紹管轄之下，你覺得我們應該站在哪一邊呢？」李仁定有意想試探趙雲。

趙雲**胸有成竹**，侃侃而談：「義父，您也看到，袁紹野心勃勃，不是真心想征討董卓維護漢室，而是熱衷於與諸侯爭奪地盤。這次他奪取了冀州，又害死了公孫瓚的弟弟，做得太過分了！我們別再跟着他，公孫瓚舉

兵，我們應該支持！」

　　看着一臉憤慨的趙雲，李仁定很

感欣慰，覺得孩子長大了，心中是非

黑白分明，是個可造之才！李仁定宣布常山郡的決定：「你說得很對！我們郡的部將經過慎重商議，決定支持公孫瓚之舉，脫離袁紹！」

「好啊！就應該這樣！下一步我們要做些什麼呢？」趙雲急切問道。

「子龍，現在是需要你出力的時候了！**養兵千日，用兵一時**，我看你已經養精蓄銳，可以一試鋒芒了！郡州諸將都很看好你，決定推舉你率領一支義軍去協助公孫瓚！」

「由我率領？義父，您看我能挑起這副重擔嗎？」趙雲興奮之餘，又有些不安。

「我看完全可以。**有其父必有其子！**你一定能繼承你父親的遺志和精神，效忠漢室，**戡亂扶正**。子龍，勇敢上陣吧，你會殺出一片光明天地！」李仁定用堅定的目光鼓勵趙雲，趙雲激動得心中滾燙。

## 初識劉備

就這樣，年輕少將趙雲帶領了常山的一支義軍去幽州投奔公孫瓚，滿心希望能協助公孫瓚對付袁紹。

見有義軍來助，公孫瓚自然高興。但是常山本是袁紹轄下，誰知這樣的投靠是否真有誠意？所以公孫瓚

就問趙雲：「袁紹是世家出身，聲名遠揚，實力強大，如今又佔了冀州。冀州一帶的人都投奔他，而你來我處，是否**真心實意**？」

趙雲正色答道：「當今奸臣當道，朝廷腐敗，漢室臨危，我一心要報國救民，但苦於無經驗無實力，只想找到一位施行仁政的英明君主，願在其麾下盡己一臂之力。我們常山郡州人士議論過，都不滿袁紹的所作所為，願隨將軍共同對抗袁紹。」

公孫瓚見他**一腔熱血**、滿心熱忱，心中甚是喜歡，便留下了他。

劉備（字玄德）與公孫瓚曾同拜

盧植為師，趙雲來到幽州時，劉備與結拜兄弟關羽（字雲長）和張飛（字翼德）也正投靠公孫瓚。劉備結識了趙雲，兩人同有報國之心，**一見如故**。劉備對這位年輕人特別愛憐，甚至有意與他結拜，而趙雲也相當敬佩劉備。

公孫瓚與袁紹在磐河交戰時，趙雲大顯身手在危急關頭殺出來，幫公孫瓚解了圍，出現了故事開頭的一幕，令劉備對他欽佩有加。

袁紹奪得冀州後，又要來佔領青州和并州。公孫瓚派遣劉備去協助青州刺史田楷對抗袁紹，劉備對公孫瓚說：「我要求一人隨我出征。」公孫瓚問他要誰，劉備點名要趙雲。

於是，趙雲第一次隨劉備出征，掌管軍中的騎兵部隊。趙雲騎着他的一匹白色高頭大馬出入戰場，指揮部隊衝殺在前，與劉備的大部隊合作，配合得很好，**屢建戰功**。

　　但是不久後，趙雲接到兄長在老家過世的噩耗，他們兄弟倆手足情深，失去了哥哥的趙雲痛哭流涕，向公孫瓚要求讓他回鄉服喪。劉備知道他這一去是不可能再回來了，兩人很難再相見，心中很是捨不得。臨別時兩人緊握雙手，趙雲對劉備說：「玄德兄，子龍不會背棄您的！」二人相對垂淚，久久不忍分開。

## 擇定仁主

劉備為公孫瓚立下不少戰功，被委任為平原縣令，後又升為平原國的國相。劉備**平易近人**，處處為百姓辦好事，尤其注重發展生產。在他兩位結義弟弟關羽和張飛的協助下，劉備把平原縣治理得**井井有條**。

一日，關羽向劉備報告說有個人來見他，是他一定很想見到的。劉備**摸不着頭腦**，猜不出是誰。想不到隨即進門的就是他在公孫瓚那裏相識的趙雲！

趙雲服喪完畢，聽說劉備在平原縣當縣令做得很出色，毫不猶豫就前

來投奔。劉備**喜不自禁**，緊緊握着趙雲的手說：「子龍，我就知道我們一定會再見面的！」

趙雲說：「玄德兄在此地施行仁政，我是慕名而來投靠您啊！請別嫌棄我，讓我為您效力。」

劉備說：「玄德有幸，能得到子龍相助！你來得正好，有一件很適合你的任務等着你！」原來最近朝廷成立了一支精悍的騎兵來對付叛亂的遼東，並由公孫瓚統領。擅長騎術的趙雲被任命帶領一支騎兵小部隊，英雄有了用武之地。如此，劉備和趙雲配合公孫瓚出戰，很快就平定了叛亂。

　　興平元年（公元194年），曹操大舉進攻徐州，徐州太守陶謙通過北海孔融向劉備求援。劉備和關羽、張飛先率領三千人趕往戰場，趙雲帶着公孫瓚借出的二千人隨後出發，陶謙撥出四千人協助，孔融和田楷也出兵幫忙，幾路部隊都開向徐州。

　　曹操見陶謙得到多方援助，怕受到圍攻便不敢**輕舉妄動**。這時關羽和張飛都主張速戰速決，集結大軍趕走曹軍。但是趙雲比較冷靜，他說：「我們剛剛開拔到這裏，還沒摸清楚曹軍的軍力有多大，不能貿然就用全部力量去攻打啊！」

　　大家一聽，都覺得趙雲說得有理。於是，劉備就採取多方策略，自己和張飛去試探敵情，讓關羽和趙雲帶四千人留下防守，接應孔融和田楷。

　　劉備帶軍來到徐州城下，與曹將于禁交戰，大敗于禁。陶謙見劉備軍來到，馬上開門迎接。這時，曹操的好友張邈受到煽動，聯合奮武將軍呂布攻破了曹操的大本營兗州，曹操不得不撤兵，徐州**轉危為安**。

　　陶謙舉辦了盛大的宴會，邀請劉備的將領一同歡慶重見太平。席間，陶謙取出徐州牌印要劉備掌管徐州，劉備堅持不肯作此**乘人之危**的不義之

事，陶謙和孔融等人竭力勸說，劉備仍不答允，陶謙只得退而求其次，讓劉備駐紮在小沛來保護徐州。

但是年老多病的陶謙不久就離世了，在眾人的熱切要求下，劉備再也推辭不得，才答應了接管徐州。

趙雲目睹劉備幾次三番推辭不想取得徐州，心中越發敬佩他的仁厚道義、**高風亮節**，更堅定了他跟隨劉備共創大業的信念和決心。

## 失散重聚

建安五年（公元200年），劉備跟隨車騎將軍董承秘密反對曹操的事

情暴露，董承等人被曹操殺害，曹操對劉備也**恨之入骨**，要派兵去攻打徐州。

曹軍來到小沛附近駐紮，張飛獻計劫營，劉備就兵分幾路去夜襲。但是曹操早有準備，從八個方面分兵殺出來，張飛中計大敗；劉備等人被曹操大將夏侯淵追趕，小沛被放火焚燒，不能回去。劉備與眾將失散，向北去投奔袁紹；關羽保護劉備妻小，被迫在曹營暫居；張飛奔向芒碭山（碭，粵音盪），趙雲也**流離失所**，只得一路劫富濟貧，自尋生計。

那日，趙雲行經一處山區，聽

說這裏有一座著名的臥牛山，形勢險要，是山賊盤踞之地。他正仰頭讚歎這座山頭的雄姿，忽然從山後轉出一支人馬，領頭的壯漢頭纏黃巾，兇悍彪壯。他衝向趙雲，喝道：「哪裏來的野小子，竟敢闖入我地盤？」

趙雲用手中長槍擋住了他，答道：「都是江湖人，路過而已。」

豈知那人毫不講禮，攔住了趙雲蠻橫地說：「這是我裴元紹的山頭，怎可以讓你輕易路過？你胯下的大白馬很不錯，留下來作買路錢吧！」

趙雲一看他的扮相，就知道這是以前的黃巾軍殘部，如今佔領山頭為

王**作威作福**。趙雲怎能忍得下這等無理取鬧，對他**嗤之以鼻**：「哼，想取本大爺的坐騎，先獻上你的腦袋吧！」

兩人立即打了起來，這山賊哪裏是趙雲的對手？只是一兩個回合，裴元紹就被趙雲一槍刺下馬，正中心胸**一命嗚呼**。他的嘍囉們見首領斃命，嚇得跪拜求饒。

趙雲正是無處落腳之際，趁勢就佔了這個山頭，自立為王，並宣布不做殘害百姓之惡事，專劫那些富豪之家，**鋤強扶弱**，保護百姓。

另一方面，屈居曹營的關羽打聽

到劉備在袁紹那裏，就辭別了曹操，帶着劉備的兩位夫人過五關斬六將尋找劉備。途經臥牛山時，遇見關西人周倉，也是黃巾舊部，叛亂失敗後與裴元紹一起在臥牛山當山賊。周倉向來仰慕關羽，這次得以邂逅，**不勝驚喜**，就求關羽收留他。

周倉告訴關羽說，自己的伙伴裴元紹被一名將士殺死、山頭被奪。關羽聽了便問臥牛山有多少人馬。周倉說有四五百，關羽就想去收編這支隊伍，叫周倉帶路。

來到臥牛山下，周倉在山下大叫大罵：「你這個外賊搶佔山頭，有膽

就下山來**決一死戰**吧！我要為屈死的兄弟報仇雪恨！」有關羽在身邊，周倉毫無懼色。

不多時，一將騎馬持槍率領了眾人下山，關羽一見這熟悉的白馬長槍就驚喜地大叫：「子龍，真的是你嗎？」

趙雲一見是關羽，立即

下馬作拜，互訴失散後離別之情。趙雲問劉備行蹤，關羽説聽説在汝南一帶，正要前去。趙雲説：「傳聞翼德兄已在古城落腳，不知真假，早想去找他。」

當晚趙雲一把火燒了臥牛山營寨，率眾與關羽一行去到古城見張飛，隨後劉備也聞訊來到，眾人終於得以團聚。趙雲和劉備幾次聚散，這次重逢之後趙雲就一直跟隨着劉備，成為他手下的一員猛將和忠心良臣，共同為鏟除奸賊、維護朝廷出力。

# 第二章
## 四處征戰常勝將

### ——汝南顯威——

因為古城的發展餘地不大，劉備就帶着部隊到已經歸順的汝南落腳。這時曹操正忙於對付袁紹，**念念不忘**復興漢室的劉備決定趁機進攻許都救出獻帝，留下將令劉辟駐守汝南，帶上趙雲、關羽和張飛出兵。曹操接到消息後便回兵去救許都，兩軍在穰山交戰。

劉備在穰山紮營，兵分三路：關羽屯兵東南角，張飛在西南角，劉備

和趙雲在正南方下寨。

曹操的貼身護衛許褚打頭陣出戰。許褚是遠近聞名的大力士，傳說他能拉着牛尾巴倒走百餘步，還能赤手空拳扔大石擊退敵人，曹操就是看中了他的高大魁梧和力大無窮，選中他**形影不離**保衛自己。

劉備問眾將：「外面許褚在挑戰，誰想出去應戰？」

趙雲搶先答道：「好久沒使喚我這長槍了，讓我先上陣吧！」說罷，他就飛身上馬衝了出去。

許褚使的是一把鑌鐵長砍刀，刀光閃閃，寒氣逼人，一刀劈過來一般人

是難以抵擋的。趙雲揮動自己的長槍靈活地閃避許褚的刀劈，接着用長槍刺去，許褚立刻用大刀擋住。兩人刀來槍往交戰了三十回合都不分勝負。關羽和張飛在一旁看得手癢癢的，又擔心趙雲的長槍擋不了許褚的沉重大刀，便從兩邊一起殺了過來。許褚見是兩員虎將加入，心就有些虛了，外加已經惡戰了很久，力不如前，便不再戀戰，虛晃兩刀就往回退去，士兵也立即敗退。第二天趙雲乘勝出戰，向曹軍挑戰，但是曹軍久久不應戰，穰山一戰雙方陷入膠着狀態。

曹操就**另生一計**：他派了大將

夏侯惇帶一支部隊去打汝南，又包圍了劉備的運糧隊。劉備見大本營受到威脅，急急令關羽帶六千人馬去救急；再派張飛去救援運糧隊。

劉備的情況非常危急，夏侯惇已攻破汝南，聽説劉辟棄城跑了，而關羽和張飛也被圍攻。這時，劉備身邊只有幾千人馬，許褚前來挑戰，劉備無力出來迎戰，率軍離開營寨上山。

趙雲護衞着劉備，在與曹軍作戰時**大顯神威**。當時曹軍緊追不捨，舉着火把邊尋邊叫：「別讓劉備跑了，快找！」劉備**慌不擇路**，迷失了方向。趙雲安慰他説：「主公別擔心，

儘管跟着我吧！」趙雲騎馬持槍衝在前面為劉備開路，劉備緊緊隨着他，兩人左殺右砍，好不容易殺出一條生路往前行。

剛剛想喘一口氣時，許褚又帶着曹軍殺了過來，趙雲就護住劉備與許褚交戰。眼見許褚後面曹軍的援軍又在趕來，劉備乘隙撥馬向深山奔去，單騎在山間等到天明。劉辟等幾位將領護送着劉備家小來到，說是關羽抵擋住夏侯惇，他們才得以脫身。劉備正慶幸與家人及將領團聚，曹操的兩位猛將張郃和高覽便帶着部隊追到，**大張旗鼓**地用前後兩方兵力把劉備一

行團團圍住！

　　眼看着沒有逃生的可能了，劉備仰天長歎：「莫非老天爺要我今天命喪黃泉？」這時，劉辟**義不容辭**衝出來護住劉備，揮舞大刀來迎戰，但不到三個回合就被高覽一刀砍死。

　　劉備眼見劉辟喪命，**氣憤填膺**，正想上前與高覽交戰，忽然看見高覽身後一陣騷亂——一員大將縱

馬飛奔而來，撥開眾多士兵，筆直衝向高覽，舉起長槍從背後直刺高覽，把他刺得墮馬喪命！

劉備**定睛一看**，大喜道：「這不正是趙雲嗎？」趙雲護主心急，無暇說什麼，轉過身來又去對付張郃。

張郃見高覽被趙雲如此輕易一槍刺死，心中大驚，舉槍與趙雲交戰了一會兒，覺得有些**力不從心**，急忙撥馬向後山奔去，曹兵隨後。趙雲乘勝追擊，但張郃逃去的山隘狹窄，加上曹兵堵住了隘口，趙雲正奮力奪路，關羽的義子關平和周倉領了幾百人前來支援，配合趙雲殺開血路追趕張

部，張郃帶兵敗退，劉備一行才得以鬆了一口氣。

## 荊州立功

但是曹操並不罷休，派出大軍又來追殺。

劉備讓部隊保護老小先走，自己和趙雲、關羽和張飛押後，邊打邊走，最後身邊只剩下不到一千人。

汝南是回不去了，趙雲跟隨劉備去荊州投奔宗親劉表，劉表安排劉備在北邊的新野紮營。在荊州，細心的趙雲緊緊跟隨着劉備，留意他的安全，在多個緊要關頭**大顯身手**。

一日，劉表接到報告，說駐守在江夏的部隊在降將張武、陳孫的帶領下叛變，搶掠百姓，造成騷亂。劉備聽說後就請纓前去平叛，劉表很高興，撥了三萬人馬給他，趙雲也隨軍出征。

劉備等人來到江夏，與張武、陳孫對戰。劉備見張武胯下的坐騎高大雄威，歎道：「這一定是匹千里馬！」趙雲聽後，立即拍馬衝了上去，直奔張武挑戰。張武也策馬上前應戰，不消三個回合，趙雲就一槍把張武刺落馬下，他拉住張武坐騎的韁頭往回跑，把馬獻給了劉備，而這匹

馬便成為劉備往後的坐騎「的盧」。
陳孫見張武被殺、駿馬被搶，立即趕
過來想奪馬，被張飛以矛刺死。他們
手下的那些叛變士兵見兩名主將不經
久戰就一一陣亡，嚇得不戰而散。江
夏叛亂平定，劉備帶隊**凱旋而歸**。

＊　　　　　　＊　　　　　　＊

　　劉表見劉備的軍力強盛，很是高
興。趁曹操在北方攻打袁尚（袁紹兒
子）之際，便派劉備出兵突襲許都。
於是劉備又帶着趙雲、關羽和張飛北
上，一路順順利利直打到許都附近的
葉縣，氣勢如虹。曹操見劉備軍已嚴
重威脅到自己的大本營，急忙派大將

夏侯惇、于禁和李典反擊，兩軍在博望對峙。

劉備用計把夏侯惇和于禁的部隊引入林間狹窄山道，趙雲帶領的伏兵突然殺出，打得曹軍**措手不及**，陣形大亂。李典趕來救出了夏侯惇和于禁。劉備見曹軍不斷前來支援，而自身兵力不足，就收兵不再追擊。

雖然劉表很敬重和依賴劉備，但是劉表的夫人蔡氏和她哥哥蔡瑁卻視劉備為眼中釘，總想找機會除掉他。他們商議後，借劉表之名在襄陽舉辦一個慶祝豐收宴會，邀請劉備出席。

劉備與眾將商量此事，關羽覺

得應該去，不然劉表會起疑心；但是張飛說很危險，不能赴會。趙雲說：「我帶三百人隨主公同去，保證無事。」劉備同意。

宴會那天，蔡瑁安排兵力守住了襄陽城的東、南、北門，西門有幾丈闊的檀溪不易通過，就沒有派兵。他們見趙雲跟着劉備**寸步不離**，怕他會壞了大事，就在外廳另擺了一席招待趙雲等武將。

劉備入席時，趙雲身佩寶劍本來站立在劉備身後守護他，不想到外廳去，但是劉備叫趙雲聽從主人家安排，趙雲就勉強離開了劉備去到外

廳。蔡瑁還把趙雲帶來的三百人遣送到館舍休息，如此，劉備身邊便沒有自己陣營的人了。

宴會進行到中途，劉備要去茅房，劉表的幕僚伊籍一向敬佩劉備，不忍見他被害，便偷偷告訴他蔡瑁的安排，要他速速從西門逃離。劉備大驚，從後門出來，騎上的盧馬衝出西門。蔡瑁接報後帶兵來追，劉備狠狠抽了的盧一鞭子，的盧竟猛然一躍三丈遠，飛過了檀溪！

趙雲在外廳見外面人馬調動，心知不妙。他急忙去大廳，見席間不見了劉備和蔡瑁，知道一定出事了。聽

人說劉備已從西門奪門而出，他便前往館舍帶出三百人奔向西門。在路上見到帶兵的蔡瑁便責問他：「你請我們主公赴宴，怎麼不見了主公，你又為何帶兵追來？」

蔡瑁說：「皇叔離席而去，聽說出了西門，但不知在哪裏。今天有眾多縣官在席，我要負責防護。」

趙雲覺得**事有蹊蹺**，本應趁機殺了蔡瑁，但他是個謹慎的人，沒有真憑實據證明蔡瑁想害劉備，就不能動手，於是他就帶了三百人回去新野。後來趙雲打聽到劉備途中留宿在隱士司馬徽家中，便去接了劉備回來。

## ──── 大戰新野 ────

建安十二年（公元207年），曹操基本平定了北方，一心想南征攻下荊州；而且見到劉備在新野招兵買馬，似有擴展之心，便派曹仁率軍來攻打新野。呂曠、呂翔兩名降將主動請戰，曹仁給他們五千士兵打頭陣。

呂曠和呂翔帶軍從兩邊夾擊攻打過來，劉備和趙雲帶了二千人出關迎戰。倆呂一齊出陣叫囂要來活捉劉備，趙雲大怒，策馬揮槍衝上去與二人交戰。趙雲面對兩敵毫無懼色，**應付自如**，長槍左右舞動似流星，沒幾個回合就把呂曠一槍刺死。劉備令部

隊一擁而上，呂翔見勢不妙，回馬就逃，半途又遭關羽和張飛截殺，死於張飛矛下。

　　失掉兩名將領的曹仁大怒，發兵二萬五千人前來報復。兩軍對陣，趙雲首先出戰，與李典交戰。兩人對打了十多回合，李典支撐不住趙雲的凌厲攻勢，回馬就跑，趙雲在後面追殺，但是曹兵從兩邊密集射箭，趙雲只好停止追擊，雙方都收兵休戰。

　　第二天，曹仁擺出了八門金鎖陣來挑戰。劉備謀士徐庶識破此陣，說八門雖然擺布得整齊，但是從東南角的生門攻入，再由西方的景門出，敵陣必亂。這次也是趙雲出陣，他率領五百士兵，在東南角上高聲吶喊，**大張旗鼓**攻入生門，直殺入曹軍中，曹

仁往北跑，趙雲不去追他，而是從景門出來再轉殺到東南角。曹軍估計不到趙雲採取這條路線，頓時**陣腳大亂**，劉備趁機領軍殺入，取得大勝。

徐庶還預計到曹軍晚上會回來劫營，便準備了對策。晚上，曹仁帶兵來偷襲，一近營寨，只見營區煙火四起，喊聲大作。曹仁知道中計，急急退兵，此時趙雲帶軍掩殺過來，逼得曹仁逃到河邊，被張飛截住死戰一場。李典保護曹仁坐船渡河，逃回許都，但人馬已折損大半。關羽乘勝佔領了樊城，並由趙雲駐守。

## 博望之戰

曹操眼見徐庶幫劉備解圍，為了把徐庶弄到手，便綁架了他的母親。徐庶要去曹營見母親，不得不離開劉備。臨走前他向劉備推薦了臥龍先生諸葛亮。後來，劉備三顧茅廬，以誠心打動了諸葛亮出山來輔助他建業。趙雲很敬佩諸葛亮的**多才善謀**，諸葛亮也很欣賞趙雲的**忠誠謹慎**，兩人合作融洽。

曹操哪裏會甘心上次的失敗，還是決心要南征。這次他派夏侯惇為主將，于禁、李典、夏侯蘭為副將，帶兵十萬直撲新野，在博望紮寨。

這是諸葛亮出山後第一次協助劉備迎敵出戰。關羽和張飛都懷疑年輕的諸葛亮是否真有本領，但趙雲深信諸葛亮是能人。諸葛亮取得劉備的支持，借用了劉備的印信指揮部隊，制定了一套聰明的戰略，在趙雲的積極配合下得以順利進行。

諸葛亮部署關羽和張飛各領一千人埋伏在博望兩邊山谷中，關平領五百人準備好引火物在山坡後面等候；調回了駐守在樊城的趙雲，讓他領着一些老弱殘兵作為先鋒隊出陣，只能打敗仗，不能打勝仗，目的是誘敵深入。

夏侯惇親自出馬上陣，眼見趙雲領着一隊**不堪入眼**的士兵過來，大笑諸葛亮不會用兵，誇口今日一定能活捉劉備和諸葛亮。

雙方對陣，夏侯惇嘲笑趙雲跟隨了不中用的主子。趙雲大怒，飛

馬過來與他開戰，

兩人交手了幾個回合，

趙雲裝作打不過他，回馬就走。夏侯

惇緊追，趙雲走了十多里又回過頭來

與他打了幾下，繼續往後退走。

　　如此打打停停，走到了博望坡狹窄之處，兩邊雜草叢生，山谷相逼，于禁提醒夏侯惇說看來不妙，應停止前進。正在此時，火頭四起，火勢隨風迅速蔓延開來，曹軍退避不及，亂成一團，趙雲帶兵回頭殺來。

　　夏侯惇突圍而走，李典和于禁也分頭逃命，但遭到關羽和張飛的攔截，糧草車隊也被燒毀。趙雲還把副將夏侯蘭活捉帶回營寨，夏侯蘭投降。博望坡一戰，曹軍大敗。

　　諸葛亮僅用了三千人馬，憑藉着巧妙的安排，輕鬆打敗了三萬曹軍。此戰勝利固然有賴諸葛亮的運籌帷

幄，但趙雲**準確無誤**地執行了諸葛亮的戰術，是此次戰役勝利的關鍵，為此諸葛亮對趙雲心存感激，也更器重他。

# 第三章
## 衝鋒陷陣救幼主

### 長坡護主

曹操對博望坡失利感到非常惱怒，覺得劉備現在已經成為自己征服江南的**心腹之患**了，必須要儘早除掉。公元208年，曹操已平定北方，無後顧之憂，他就親領五十萬大軍，分為五隊，由許褚帶三千人馬作先鋒，於秋季南下進伐。劉表病死，繼位的劉琮投降了曹操。

許褚的部隊直逼新野。諸葛亮和劉備商量，覺得敵人**來勢洶洶**，敵強

我弱，不能交鋒，就動員新野百姓一起退到樊城。同時布置關羽和張飛各自領一千人去兩處渡口埋伏，令趙雲領帶三千人分為四隊埋伏在新野的東西南北四門，諸葛亮特地又悄聲告知趙雲應該如何如何做。

許褚的三千鐵甲軍開路，曹仁和曹洪的十萬前鋒隊殺到新野，見城門打開，進城一看已是一座空城。曹軍遠征而來已經疲乏，便住下來做飯休息。到了半夜，趙雲令西南北三門的伏兵點火，秋風風勢很大，頓時已燒成一大片。曹仁聽說東門沒火，就領人奔向東門，剛從火海逃出，卻聽得背後一陣殺

聲突起，原來是趙雲追殺過來。**殘兵敗將**逃到河邊下了河，守在上游的關羽放水，淹死了眾多曹兵；其餘士兵跟隨曹仁來到第二個渡口，被守將張飛截殺，個個自顧找路保命逃走。劉備一行就去到樊城暫住。

曹操想不到南征首戰就遭到如此慘敗，立即進兵追擊。劉備只有三千兵馬，唯有放棄樊城南下，想去荊州要地江陵。樊城百姓都要跟隨，一路上襄陽等地的民眾為了逃避戰亂，也要跟着部隊走，整支軍民隊伍累計了十多萬人。

劉備讓關羽帶五百士兵去江夏向

劉琮求救，張飛斷後，趙雲保護婦幼家眷。十多萬人的隊伍**拖拖拉拉**走得很慢。

關羽久去無音訊，諸葛亮又帶了五百人去江夏催問。如此，劉備身邊只剩兩千人馬。隊伍走到當陽縣的景山山腳下，當晚在此紮營休息。

曹操為了不讓劉備奪得有充裕糧食和武器的江陵，便親自帶領五千精銳騎兵連夜追殺過來，當夜就開戰。劉備**措手不及**，張飛和趙雲奮力死

戰，保護着隊伍邊打邊走，從夜晚殺到天明，才擺脱了曹軍的追擊，隊伍被打得**七零八亂**，只剩下幾百人，來到了長坂坡。

劉備一看，大將趙雲、糜芳、簡雍等幾人和家眷都不在眼前，急得他**悲從中來**，仰天大哭。這時，糜芳身中數箭，倉皇跑來向劉備報告説：「主公，趙子龍投奔曹操去了！」

劉備斥責他道：「別胡説，子龍跟隨我多年，不會反叛的！」

「真的！我看見他轉身往曹軍方向疾奔而去了！」

張飛説：「可能他見我們已是敗

兵弱勢，去投靠強人曹操了！」

　　劉備堅定地說：「子龍在我患難時跟從我，**心堅如鐵**，不會動搖的！你們別胡猜了，他往回走一定有原因的！」

　　趙雲到底去了哪裏呢？原來趙雲打退了敵人後，廝殺得**精疲力竭**，剛稍微鬆了一口氣，卻發現劉備的兩位夫人和幼主阿斗（劉禪）已經不在自己身邊了，四處張望都不見他們的蹤影，讓他**大吃一驚**！他心想：主公把兩位夫人和幼主都託付給我，保護他們三人是我的職責，我如此**疏忽失職**丟了他們，怎有臉回去見主公？一定要拼死拼活把他們找回來！

　　趙雲立即帶了幾十人調回馬頭向曹軍陣地飛馬而去。曹兵想不到趙雲會回殺過來，立即圍了上來攻打。趙雲的處境非常危險，但是他並不退

縮，而是一次次迎戰，在敵兵的重重圍攻中橫衝直撞，左砍右刺，越殺越勇猛，自身也受了不少傷。他橫下一條心：我丟了命也要找到他們！假如真的不能找到，那我就再多殺幾個敵人直到戰死，也是報答了主公知遇之恩啊！

沿途有不少受難的老百姓，有的已經在戰亂中喪生，倒臥在路旁；有的坐在地上**呼天搶地**，哀悼生離死別的親人……趙雲看得**心痛如割**。

忽然，趙雲在人堆裏看見簡雍也倒臥在草叢中，急忙問他：「你怎樣了？看見兩位夫人嗎？」

簡雍回答說：「兩位夫人的車沒法前行，她們已經棄車，抱着幼主步行。我被一名將士刺下馬來，就跟不上她們了。」

趙雲連忙叫手下讓出一匹馬來給簡雍騎上，派兩人送他回到劉備處報告說他要找到夫人和阿斗才回來，不然就戰死沙場。

趙雲前行不久，在一行逃難人羣中見到**披頭散髮**的甘夫人，趙雲立即下馬向甘夫人請罪：「與夫人失散是我的大罪，讓夫人受苦了！糜夫人和小主人在哪裏？」

甘夫人說：「我和糜夫人下車

後混在人羣中行走，被一支曹軍衝散了，糜夫人抱着孩子不知去了哪裏，只剩我一個隨着大家逃生。」

這時，又有一支曹軍殺到。原來是曹將淳于導綁住了劉備的部下糜竺要去獻功。趙雲拍馬上前一槍刺下淳于導，救了糜竺，奪得馬匹，讓甘夫人上馬，由糜竺把她送回去，而他則急着要去尋找糜夫人和阿斗。

趙雲正在尋尋覓覓之時，忽見對面有一名曹將手提鐵槍、身背一把劍帶着士兵直馳過來，這不是送上來找死的嗎？趙雲不發一言，一槍把他刺翻落馬，奪走他的劍。趙雲仔細一

看這把劍，知道撿到了
寶——眾所周知曹操有兩把
寶劍，**倚天劍**曹操親自佩帶，

**倚天劍**

**青釭劍**就由這名夏侯恩隨身背着。
這把劍鋒利無比，異常名貴。

**青釭劍**

趙雲收了劍繼續往
前尋找，發現經過多場
廝殺自己身邊已經沒有隨從
了，現在他是**孤身一人**深入敵
陣作戰，完全沒有後援。但是他顧不
了這些，只是四處張望詢問。有一個
老伯說見到糜夫人受了槍傷，沒法行
走，坐在一處牆角。趙雲依照他指點
的方向找去，果然見到糜夫人懷抱阿

71

斗坐在那裏啼哭。

趙雲趕緊上前，下馬即拜。糜夫人見是趙雲來到，泣道：「阿斗有救了！拜託將軍趕快把他帶給主公吧！我死也無怨了！」

趙雲忙道：「夫人受苦是我之罪。夫人趕快上馬，我步行保護夫人突出重圍，保證夫人安然回去。」

糜夫人說：「將軍怎可以沒有馬？我已受了重傷，會連累將軍和孩子。你速速抱着孩子走吧！」

遠處兵馬聲隱約可聞，看來曹兵已不遠。趙雲催促糜夫人上馬，但她**執意不肯**，把孩子塞到趙雲手

中，說：「這孩子的生命全在你手上了！」說罷，向身旁的井縱身一躍，自盡了。

趙雲悲痛萬分，用土把井口掩埋，讓糜夫人的屍身免受曹軍凌辱。然後解開自己盔甲，取出護心鏡，把阿斗的襁褓緊貼胸膛，提槍上馬疾馳而去。

曹將晏明帶着一隊步兵擋住前路，趙雲懷抱着阿斗更覺肩負的擔子沉重，自己不能死，一定要送回小主公！於是他拚出全力廝殺，只用三個回合就把晏明刺下了馬。

可是，他沒走多久，前面又來

了張郃等五員大將攔住了去路，情況非常危急。久經沙場的趙雲很快鎮靜下來，沉着應戰，先與張郃交手十多回合，邊退邊殺；與其餘四將的交戰更為慘烈，刀槍從四面八方刺來，趙雲沒有了護心鏡保護，左手護着胸前的襁褓，單手抵禦，受傷多處，渾身淌血。最後他拔出背上的青釭劍亂砍亂殺，這把利劍居然幫了他不少忙，殺得曹兵血肉橫飛，終於使他殺出重圍，奪路而去。

曹操站在景山山頂觀望着戰場形勢，眼見這名大將單槍匹馬奮力廝殺，**所向無敵**，身在戰場如入無人之

境！曹操大為驚訝，急問他是誰？曹洪回答說是常山趙子龍。曹操歎道：「真是一員虎將啊！不許傷害他，要活捉帶來！」

命令傳到山下，文聘便又帶領曹兵緊追過來。

**精疲力竭**、傷痕累累的趙雲抱着阿斗飛馬奔到長坂坡，只見張飛雄赳赳地持槍立在橋頭。張飛見一身是血的趙雲就怒聲大喝：「你這叛徒還有臉回來？」

趙雲**氣喘吁吁**答道：「翼德兄救我，曹兵正追來……我是回去找兩位夫人。小主公在這裏！主公呢？」

　　張飛這才知道自己冤枉他了，急忙指指東邊樹林：「你快去那裏，這裏有我在呢！」

　　趙雲飛馳到林間，見到劉備伏地就拜，告知糜夫人自盡的消息，解開胸襟獻上襁褓，兩歲的阿斗還在熟睡呢！

　　劉備接過襁褓，卻往地上一扔氣憤地說：「哼，為了這個小子，害得我差點損失了一員大將！」

　　趙雲連忙抱起阿斗哭拜劉備，感謝知遇之恩。

　　此戰後，趙雲被劉備封為牙門將軍。

## 接回軍師

同年年底，曹操號稱用八十萬大軍進攻東吳，劉備一行退到江夏劉琦那裏，派諸葛亮到東吳與孫權商量聯合對抗曹操之事。孫權任命武將周瑜擔任都督，統率是次戰役，諸葛亮留在東吳協助周瑜。曹操與劉備及孫權的聯軍，在赤壁隔江對峙。

周瑜看出諸葛亮多才善謀，深感劉備有了這位軍師**如虎添翼**，所以一心想除掉這顆眼中釘。他處處刁難諸葛亮，但都被這位聰明的軍師一一化解。到了與曹操開戰的那一天，諸葛亮在七星壇上為周瑜借得東風。周瑜

安排了兵力，等諸葛亮走下土壇要回去時就加害他。

其實，諸葛亮早就和趙雲商量定當。十一月二十日那日，趙雲見晚上颳起了東南風，就知道諸葛亮那邊就要成事了，便親自駕駛了一葉小舟沿江駛到江東，停泊在灘口。

諸葛亮見東南風已起，便走下土壇來到江邊。趙雲趕緊迎了上去，兩人相視一笑上了船，立即開船。那時東吳士兵已經分水陸兩路追來，帶領水兵的吳將站在船頭大叫：「軍師別走，都督有請！」趙雲站在船尾拉起弓箭答道：「常山趙子龍特來接軍師

返回，你們為何追趕？
本應一箭送你命，看
在兩家聯戰份上，今
且饒你一命！」

說罷，趙雲射出
一箭，**不偏不倚**射斷
了對方帆篷的繩索，帆
篷跌落下來，船就失去
重心在水中打轉，再也
無法行進，眾人都驚歎
趙雲的射技，而趙雲的
船已經扯起滿帆，疾駛
而去。

81

## 護主入贅

赤壁大戰中，曹操遭受聯軍火攻大敗。此戰後，曹操、劉備和孫權三家基本上已形成鼎立狀態。曹操一心要報仇雪恨，多次派兵攻打東吳，但都沒有太大進展。鑒於曹操的實力比東吳強大，孫權的謀士魯肅一向主張聯合劉備對抗曹操。但是劉備向東吳借了荊州之地卻一直不肯歸還，周瑜感到**忿忿不平**，孫權心中也不舒服。那時劉備的甘夫人剛剛去世，周瑜就建議孫權假意把妹妹孫尚香嫁給劉備，哄得劉備來東吳作人質交易。

媒人前來說媒，劉備**猶豫不決**。

因為他擔心一去東吳就會被扣留，逼他歸還荊州，甚至有生命之虞。諸葛亮卻安慰他說：「讓子龍護送主公，放心去吧，保證主公能毫髮無損娶得嬌妻歸來！」

諸葛亮深知趙雲辦事妥當，有勇有謀，加上對劉備一向**忠心耿耿**，是擔當這次重任的最佳人選。

諸葛亮給趙雲三個錦囊，囑咐他說裏面有三條妙計，到了東吳就打開一個，年終再開一個，危急之時才打開第三個。趙雲牢記在心，對軍師給予他的信任心存感激，欣然領受了任務。

公元209年，劉備和趙雲帶了五百

人，乘船前往東吳。抵埗後趙雲解開

第一個錦囊，便按計執行：安

排隨行人員喜氣洋洋去市場

採購婚禮用品，大力宣傳説

劉備入贅之大喜事。同時，趙雲為劉

備準備了美酒佳饌等禮品，去拜訪周

瑜的丈人喬國老（周瑜妻子小喬的父

親），通過喬國老把此婚事的消息傳

到孫權之母吳國太耳中。

　　吳國太要孫權安排在甘露寺相

親。孫權安排了三百刀斧手埋伏在寺

內，假如吳國太對劉備不滿意，就立

即拿下他。趙雲對劉備説：「這場相

親凶多吉少，我自會帶領五百軍士保

護主公，主公不必憂慮。」

　　吳國太見到劉備**儀表堂堂**，又知他為人仁厚，心中很是喜歡，認定了這個女婿。趙雲見形勢有利，告知劉備寺內有刀斧手埋伏，要劉備告訴吳國太此事。劉備向吳國太哭訴，國太斥責孫權不該如此，數日之內就辦妥了婚禮。

　　周瑜見事情已經**弄假成真**，就建議孫權另施一計：為劉備夫婦修築華麗府邸，供應樂隊舞女，終日有**美酒玉食**，讓劉備沉澱於酒色之中，樂而忘返。劉備果然中計，享受着新婚之樂，也不與趙雲聯繫。

　　周瑜把趙雲等人安排住在劉備府邸外，讓他們整日**無所事事**。趙雲把這一切看在眼裏，急在心中，心想主公這樣的新婚生活將會壞了大事。到了年底，他急急打開**第二個錦囊**，看罷就去要求見劉備，說有要事相告。

　　趙雲見到劉備，很驚慌地說：「主公**深居簡出**，不知荊州發生了大事啊！」

　　劉備問是什麼事，趙雲說：「軍師今早派人來報，說曹操帶兵五十萬兵馬殺向荊州，要報赤壁之仇，請主公速回！」

　　劉備與孫尚香商量，擔心孫權不讓他們走，就藉口說要回鄉祭祖，與趙雲約定了日期。那日劉備只告別了吳國太就出城，與帶領軍士在城外等候的趙雲會合後馬上出發。孫權得到消息後立即派兵不分晝夜把劉備追回來。

　　周瑜早就預防劉備會隨時離去，已派兩名大將在郡界要衝之地紮營多日。劉備一行到此，遭到前後兩面吳軍夾攻，前後無路，劉備問趙雲怎麼辦？趙雲說：「我這裏還有軍師給的**第三個錦囊**，囑我危急時刻打開，現在正是時候！」

　　劉備看了錦囊，就按妙計所言，

第二個錦囊

第一個錦囊

第三個錦囊

**老老實實**對妻子說了孫權促成此段婚姻的本意，是要誘他來作人質，奪回荊州再殺害⋯⋯現在孫權前後追殺，只能靠夫人解難了。孫尚香聽罷大怒，斥責圍攻的吳軍將領，喝令讓道放行。站在旁邊的趙雲一臉殺氣，隨時準備開戰，吳將只得撤軍。

但是周瑜心不甘，又派軍水陸兩路追來。趙雲率領劉備一行趕到江邊，諸葛亮已經準備了二十多艘船接應，五百餘人上了船行不久，江上殺聲大起，周瑜率領水軍追擊。劉備一行棄船上岸而行，周瑜帶水軍也上岸追趕。趙雲會合前來支援的關羽奮力

抵禦吳軍，殺得周瑜回到船上逃跑，吳兵大敗。岸上劉備軍士齊聲大叫：「周郎妙計安天下，賠了夫人又折兵！」氣得周瑜當場昏倒在船上。

## 截江奪主

公元211年，劉備留下諸葛亮和趙雲、張飛、關羽守住荊州重地，自己帶着幾萬人沿着長江西行，為了幫助益州牧劉璋對付曹操，進軍益州。趙雲屯兵江陵，駐守着荊州的治府公安一地，因為劉備的家眷都在公安。

劉備還特意任命趙雲為留營司馬，協助諸葛亮管理大本營的日常事

務。趙雲深知主公的意思，領悟到自己身負着一項重擔。原來劉備這位新夫人孫尚香可不是好惹的！她**才智敏捷**，性格剛烈，也識武藝，素有俠女之稱，具有她兄長的風範。她身邊有侍婢一百多人，個個身背刀槍，威風凜凜。嫁給劉備後，她仗着自己是孫

權之妹，**驕橫跋扈**，隨從們做事常常不守規矩，她也不加管束。劉備在時她就如此，現在劉備西征，不知她還會鬧出什麼事來！只有**行事穩重**、有節有理，頗有威嚴的趙雲能管住她的**刁蠻無理**，所以劉備讓他管理內務。

孫權見劉備出兵，便想趁機奪回荊州，但自己的妹妹在荊州，假如一開戰就會淪為人質。於是他請母親吳國太寫了一封信給孫尚香，說自己年老多病，思念女兒和外孫，要她帶着阿斗回東吳去探望自己。

孫權派周善帶領五百士兵，分坐五條大船，假扮成商船向荊州出發。

孫尚香聽說母親生病，哥哥派人來接她回家，自然急不可待，藉口沒時間通知遠征的劉備，也沒告訴諸葛亮或趙雲，就抱着四歲的阿斗上了船。

趙雲接到江邊巡邏隊的報告，心想大事不好！孫夫人自己回娘家問題不大，但是她抱走了阿斗，即是為孫權送上幼主當人質，孫權將以此逼迫劉備歸還荊州，劉備就陷入被動狀態，在荊州的地位就保不住了。具有政治眼光的趙雲看到事態嚴重，毫不猶豫就跳上一條小漁船，親自搖櫓沿江追了上去。

趙雲的小船靠近了周善的大船，

周善下令弓箭手射箭阻攔他。趙雲靈活地東躲西避，用長槍擋住了箭陣。

孫尚香聽到船艙外的喧鬧，抱着阿斗出來看個究竟。見到趙雲追來，怒斥他無禮。趙雲**理直氣壯**回答說：「夫人要回家探親，無可厚非，但是不能帶走阿斗，他是主公唯一骨肉。主公不知此事，也不會允許夫人這樣做！」

她怒道：「我是阿斗之母，不能離開他，你無權阻攔！」

趙雲堅持：「請夫人先回去稟報主公，主公若同意，夫人便可帶孩子回家。」

孫尚香怎肯再回頭？她把阿斗抱

得更緊。趙雲情急之下，縱身一躍，跳上了大船，動手就去搶阿斗。孫尚香哪裏是他的對手？一拉一扯阿斗就到了趙雲手中！但是趙雲環顧四周，自己身處敵船上，如何脫身呢？

　　趙雲一手緊抱着阿斗，一手揮舞大刀與幾名東吳士兵搏鬥。正在危急之時，忽見江面上出現了一支船隊直駛而來。趙雲以為是東吳軍來支援，心中暗暗叫苦，以為只有死路一條了！

　　誰知船隊駛近後，跳上來的竟是張飛！原來是諸葛亮得知趙雲去追孫尚香，擔心他有所閃失，馬上派張飛帶領船隊前來接應。張飛砍殺了周善，降服了東吳士兵。趙雲見孫尚香堅持要回東吳，也就不加阻攔，和張飛兩人帶着阿斗回去了。

　　孫尚香自此一去不回，這段政治聯姻也就結束。

# 第四章
## 虎威將軍一身膽

### 智取桂陽

說回赤壁之戰後，周瑜和曹操爭奪南郡，諸葛亮趁機協助劉備南征佔領荊州四郡，趙雲從中出力不少。

首先以張飛為先鋒領一萬五千人馬取零陵，趙雲殿後。戰役中，趙雲配合諸葛亮和張飛，捉住了力敵萬人的零陵將領邢道榮，邢道榮假意投降，引兵回去劫寨，劉備軍差一點中計，趙雲帶一支人馬斜路殺出，一槍把邢道榮刺下馬。零陵太守劉度父子

投降。

劉備問下一步誰願去取桂陽，趙雲首先自薦，張飛也想去。諸葛亮叫兩人抓鬮*，趙雲抓到，張飛說他只要三千人就夠，趙雲豪邁地說：「我也只需三千人馬，如果拿不到桂陽，願受軍法處置！」他立下了軍令狀，帶隊出發。

桂陽太守趙範一聽到來敵是長坂坡**單騎救主**的趙雲，就想投降。手下兩員獵戶出身的將領陳應、鮑龍願意領兵出陣，陳應善舞飛叉，鮑龍曾射殺雙虎，二人都覺得自己可以對付趙雲。

趙雲出陣，陳應帶三千人出城

*抓鬮（粵音鳩）：大家抽取一張在上面做了記號的紙卷或紙團，以決定誰得到什麼或做什麼。

應戰。兩人交戰四五個回合，陳應打不過，回馬就走。趙雲緊追，陳應把手中飛叉向他扔了過去，趙雲一手接住後扔了回去，陳應雖然避開了，但趙雲飛馬上前活捉了他，把他丟在地上，說：「今天我不殺你，放你回去叫趙範快快來投降！」

第二天，趙範手捧印綬，帶了十幾名騎兵出城來投降。趙雲出寨來迎接，設酒席款待。趙範說，他與趙雲同姓，五百年前是一家；又都是常山真定人，想結拜為兄弟。趙雲**欣然同意**，兩人同年，趙雲比他大四個月，趙範就拜他為兄。

趙範請趙雲入桂陽城安民。趙雲只帶了五十騎兵進城，百姓夾道迎接。為了歡迎趙雲，趙範設宴請趙雲喝酒。酒喝到一半，趙雲微有醉意，忽有一婦人上來為他斟酒，趙範還要她陪坐。趙雲問趙範她是誰？趙範說是他的嫂子樊氏，趙雲就說：「讓嫂夫

人陪酒是為不敬，子龍不敢。」樊氏就退了下去。

趙範說，他的兄長已過世三年，他勸樊氏改嫁，她說除非是文武雙全、相貌堂堂、姓趙的人，否則不嫁。他覺得趙雲完全符合這三個條件，就想促成這件好事。

趙雲聽後**勃然大怒**，站起身說：「我們既然已經結拜為兄弟，她也是我的嫂子，怎可做此亂倫之事？」

趙範羞愧得無話可說，他向手下打眼色，想加害趙雲。趙雲覺察了他的用意，揮拳打倒他，大步出門而去。

趙範與陳應、鮑龍商量，覺得正

面交戰打不過趙雲，鮑龍主張用詐降的辦法捉拿趙雲。

當夜，陳應、鮑龍就帶了五百士兵來見趙雲，說他們見趙範不仁不義，想用美人計來加害結拜兄弟，恐怕趙雲一怒之下來攻打桂陽連累了自己，所以前來投降。趙雲假裝歡迎，請他們喝酒。但原來，趙雲早已識破這奸計，趁他們喝醉了就把他們捆綁起來，並審問跟隨的士兵，證實他們是來詐降的。趙雲對這些士兵說：「要害我的是陳應和鮑龍，與你們無關。只要你們按我計劃辦事，事後定有重賞。」五百士兵都甘願合作。

於是趙雲殺了陳應、鮑龍，要這五百士兵領路，他帶領一千人馬在後面，連夜趕到桂陽城下，傳話說是陳、鮑兩將殺了趙雲回來。趙範一看果然是自己的隊伍，就出城迎接。趙範防不勝防被捉拿了，趙雲大部隊進城，不費一兵一卒輕取了桂陽。

劉備和諸葛亮到桂陽審問趙範，趙範說出了樊氏之事，諸葛亮問趙雲為何拒絕了這門婚事？趙雲答道：「我已與趙範結為兄弟，若是娶了他的嫂子，會被人唾罵；寡婦再嫁，是失節之舉；趙範剛投降過來，心思難測；還有，主公剛剛在江漢落腳，還

沒有站穩，我怎能因一婦人而耽誤了主公的大事？」

劉備說：「現在大事已經解決，替你辦了這椿婚事，怎麼樣？」

趙雲回答道：「天下女子很多，只要我立了好聲譽，不擔心找不到妻子。」劉備聽罷，誇他是**真丈夫**！劉備釋放了趙範，仍讓他當桂陽太守，並重賞了趙雲。但是不久之後，趙範逃跑了，劉備就任命趙雲為偏將軍，兼任桂陽太守。

## 助收益州

公元211年，劉備本來是去益州協

助劉璋對付漢中張魯，後來劉璋聽信了讒言，對劉備有了猜忌，兩人決裂後，劉備進軍西川。

初戰順利，但是謀士龐統在雒城落鳳坡死於亂箭之下，劉備失去右臂之助，急急要留在荊州的諸葛亮、關羽、張飛、趙雲也入蜀助戰。

諸葛亮留下關羽守荊州，與趙雲、張飛兵分兩路西征。張飛率領一部分人馬先行，諸葛亮和趙雲隨後，兩支人馬在益州東部重鎮江州會合。

趙雲獨自領軍沿江平定了江陽、犍為兩個郡。犍為是當時蜀中很重要的一個大郡，經濟發達，負擔了蜀中

賦稅的主要部分，拿下它意義重大。
之後趙雲從成都南面進軍，與劉備、
諸葛亮會師，合力包圍成都，劉璋投
降，劉備進入成都，自領益州牧，趙
雲被封為翊軍將軍，相當於軍長的職
務。

當初在圍攻成都時，為了激勵士
氣，劉備曾經對全軍許諾說，若是全
軍奮力作戰，破城後他分毫不取府庫
中的財物，全數分贈給官兵。所以進
城後，庫內的財物都被**搜刮一空**，
以致劉備管理城府的基本開支都成問
題，形成了財政危機。

但是，在這種情況下還是有人向

劉備提議，說要把成都的田宅房產平分給作戰有功的將領們。趙雲知道後很擔心這樣做會危害到劉備政權的穩定，便向劉備進諫道：「主公，千萬不能這樣做啊！記得西漢大將霍去病六次征戰匈奴，殺敵十一萬，立下大功。武帝為他修建豪華府邸，但是他堅拒不收，說匈奴還沒消滅，何以為家？他從不追求**富貴榮華**，而是把國家安危放在首位。如今我們面前的敵人還不止是匈奴呢，還有長期的征戰，怎能追求安逸舒適呢？」

劉備問他覺得應該怎樣做。趙雲胸有成竹，**侃侃而談**：「益州百姓

剛剛經歷了戰亂之苦，很多人**流離失所**，應該把土地房屋分還給他們，讓民眾**安居樂業**，發展農業，然後我們才能順利徵稅徵兵。這樣做既能得民心，又能穩定經濟，鞏固財政。等到天下安定，將領們自能返回故土，安家立業。」

劉備覺得趙雲說得很對，便把田產還給百姓，贏得了民心。

## 空營妙計

早在公元215年，曹操就進軍漢中，迫使張魯投降取得了漢中，但是他又不得不分散兵力去對付攻打合肥的孫權。於是，劉備就趁曹操勢力尚未在漢中站穩之際，去奪取漢中。

公元218年春，劉備正式出兵漢中，屯兵陽平關，這是漢中東面的重要門戶。劉備兵分兩路：親自率領東路，帶着大將趙雲、黃忠、魏延等同行，由成都北上；西路由張飛率領，

從側翼攻擊漢中西邊的重鎮。

漢中守將夏侯淵派張郃、徐晃抵擋劉備的猛攻。劉備的部隊推進到定軍山，趙雲從定軍山側面衝出，把張郃部隊殺得**潰不成軍**。夏侯淵見張郃作戰不利，就把自己身邊部隊派去增援。老將黃忠見夏侯淵身邊只剩下幾百士兵，趁機殺出斬了夏侯淵；總領被殺，曹軍上下大受震撼，張郃接任為臨時統帥，他列陣於漢水北岸，等待援軍來到。

曹操見戰事不利，親自率軍前來支援。因為部隊人數眾多，曹軍的運糧隊也龐大，從定軍山的北山經過，

隊伍很長。劉備派趙雲和黃忠一起襲擊曹軍運糧隊，把大批軍糧搶過來。

趙雲和黃忠商量：「這次曹操領兵二十萬分屯十個營，去搶他的軍糧不是一件小事，將軍打算怎麼做？」黃忠說自己是主將，要先去。趙雲就與他約定時間，假如黃忠出戰成功按時回來，他就**按兵不動**；如果到時黃忠沒回，他就前去接應。

到了約定的午時，黃忠還沒歸來。趙雲生怕黃忠出了什麼意外，就帶了部將張著和三千名騎兵到北山去接應。

原來，黃忠遇到了曹軍的主力部

隊，被張郃和徐晃圍攻。趙雲一路尋去，半途打了兩仗，殺了兩名曹將。到了北山下，趙雲揮舞手中銀槍殺入重圍，曹兵見到「常山趙雲」的四字旗號，都不敢靠前阻擋。趙雲一時如入**無人之境**，經過一番廝殺救出了黃忠。

　　曹操在高處見了，勃然大怒。他一方面驚歎：「當年長坂坡的英雄還在啊！」一方面立即親自率領大軍來追殺趙雲。趙雲手下的騎兵見**敵強我弱**，不免有些心慌。趙雲覺察到士兵的情緒，馬上下令說：「眼前的情況下沒有第二條路，只能衝出重圍，邊打邊退。別怕，你們都跟我來！」

　　說着，他**一馬當先**衝入敵陣，一把長槍左右飛舞砍殺敵兵，曹軍見他這般衝勁和殺氣都被震得**縮手縮腳**。趙雲手下士兵勇氣倍增，都跟着他且打且退。退到半路，趙雲忽然發覺部將張著不在眼前，有名士兵說見他在

東南角受傷倒地了。趙雲聽後毫不猶豫飛馬往回走，硬是在戰場上找到張著把他救了出來。

趙雲領着部下殺出一條血路退回營地，下令打開寨門，放倒營內的旗幟，**偃旗息鼓**。他鼓勵士兵說：「那年我在當陽，獨自殺入曹營*，就算他們有千軍萬馬，對我來說也只是區區草芥！現在我們有將有兵，還怕他們曹軍不成？」說罷，他**單槍匹馬**，威風凜凜的站在營門前。

曹軍追到，見到趙雲獨自站在營外，寨門又大開，感到這裏的氣氛詭異，覺得寨內一定有重軍埋伏，不能

*趙雲指的是，在當陽縣找回阿斗的事跡。

貿然衝入，便下令撤退。

等到曹軍的一部分部隊已經遠走，且沒有了剛才的銳氣，趙雲就下令大擂戰鼓，萬箭齊發，曹軍士兵嚇得**措手不及**，亂了陣腳，自相踐踏，不少人墜入河中，死傷無數。這時，趙雲、黃忠、張著各領一支人馬追殺前面的曹軍，還放火燒糧草，曹操只得棄營而走。趙雲佔領了曹營，黃忠奪得了糧草，還繳獲了大量兵器。就這樣，趙雲憑藉自己的英勇和智慧，打敗了數倍於己的強敵，大獲全勝！人稱這是一場趙雲版的「**空城計**」*。第二日劉備前來營寨視察戰場，稱趙

*另一場空城計由諸葛亮領導，請參見
《三國風雲人物傳2：諸葛亮的神機妙算》。

雲是虎威將軍，衷心讚歎道：「子龍**一身是膽**啊！」

此場戰役改變了漢中戰局，劉備由被動轉為主動，之後屢次向曹軍挑戰，對方卻按兵不動。曹操見漢中地勢險阻，運糧困難，堅持了兩個月就撤退返回中原。

劉備奪得了漢中，於七月自立為漢中王，封關羽、張飛、馬超、黃忠、趙雲分別為前、右、左、後、中五將，人稱「五虎大將軍」。

公元221年，劉備稱帝，建立漢，史稱「蜀漢」。

# 第五章
# 老當益壯報蜀漢

## 南征北戰

公元223年，劉備為了給關羽報仇而進伐東吳，卻遭到大敗，病逝白帝城，劉禪繼位成為後主。丞相諸葛亮受託輔佐劉禪治理蜀漢，他落力重振蜀國、肅清南蠻叛亂、北伐抗擊曹操……這時，五虎將中的關羽、張飛、馬超已相繼離世，諸葛亮所器重的趙雲雖然也已年高，但仍忠心耿耿為國出力出戰，成為諸葛亮不可或缺的得力助手。此時的趙雲已經升為

征南將軍（南部戰區司令），兼任中護軍（掌管中央禁軍），封為永昌亭侯，後來又升為鎮東將軍。

當時蜀漢國力衰弱，南方邊境幾個部族**見機可乘**，紛紛發動叛變鬧獨立。建興三年（公元225年）三月，趙雲和將領魏延隨諸葛亮討伐南蠻。

這次諸葛亮動用了四十萬大軍，分三路進軍南中（益州南部的四個郡），聲勢浩大。南疆蠻荒地區山嶺峻峭、**人煙稀少**、瘴氣瀰漫，行軍作戰都非常艱苦。雖然趙雲不是三路軍的主將，但他往往主動出擊，奮勇作戰。

蠻王孟獲手下的三洞元帥分三路，

各帶五萬蠻兵來對抗，諸葛亮故意沒安排趙雲、魏延出戰，說他們年紀大了不適宜出戰，但他們不服老，帶了五千騎兵半夜出襲中路蠻兵，趙雲僅一個回合，就斬殺了其中一名叛亂首領、三洞洞主金環三結，擊敗了最屬害的一支蠻族。隨即蜀將王平、馬忠也破了東、西兩路蠻兵。事後諸葛亮說：「擊破金環三結，非子龍、文長*不可啊！」

後來趙雲協助諸葛亮用欲擒故縱的戰術收服了南蠻首領孟獲。這樣，蜀軍在不到一年的時間內就平定了南中四個叛亂郡。

這次的平亂戰役非常順利，解除

*「文長」是蜀將魏延的字。

了蜀漢的**後顧之憂**，諸葛亮就着手北上討伐曹魏*，實現他「北定中原，復興漢室」的目標。

公元227年，諸葛亮向後主遞上了《出師表》，正式展開北伐行動。他召集將領前來聽令，安排各人的職責，定於翌年春三月出師。沒被安排的趙雲坐不住了，厲聲責問道：「丞相為什麼不用我啊？」諸葛亮回答說：「將軍**年事已高**，若有差錯會影響一世英名，也將挫了蜀漢的銳氣。」趙雲很不服氣：「自從我跟從先帝後，從來都是臨陣衝在前面，從不退縮。大丈夫能戰死疆場也是無悔無恨，若是不讓我作先

*公元220年，曹操病逝，其子曹丕繼位，建立魏國。

鋒，寧願撞死在台階下！」

他**聲色俱厲**，説得斬釘截鐵，非常堅定。諸葛亮拗不過他，就説一定要有位大將與他同去。中監軍鄧芝自願與趙雲一起去破敵，諸葛亮這才同意。

## 北伐柱樑

趙雲和鄧芝帶軍五千、副將十人，跟隨諸葛亮**浩浩蕩蕩**向漢中出發。魏軍方面，鏢騎大將軍司馬懿（粵音意）為主將，而夏侯淵之子夏侯楙為報父仇，自願出戰，在長安聚集各路兵馬二十萬。西涼大將韓德帶着四個兒子和八萬西羌兵前來作夏侯

楸的先鋒，在鳳鳴山與蜀軍交鋒。

韓德善耍開山大斧，稱有萬夫不擋之勇；四子都身具武功，體力過人。韓德先出馬挑戰趙雲，四子排列在兩邊。趙雲揮槍拍馬衝向韓德，韓德**長子韓瑛**首先出來迎戰，不到三個回合就被趙雲一槍刺死在馬下。**次子韓瑤**舞着大刀衝上來，趙雲用長槍輕鬆抵擋，韓瑤的刀術發揮不了作用，漸漸力衰；**三子韓瓊**見狀連忙手持方天戟來助戰，與韓瑤兩面夾攻趙雲，趙雲便用長槍左擋右攻，**應付自如**。**四子韓琪**見二兄都勝不了趙雲，就忍不住也揮動着兩把日月刀加入戰鬥。

　　趙雲被圍在中間，單槍匹馬與他們對打，他越戰越強，**精神奕奕**，槍法絲毫不亂，一把長槍似銀蛇飛舞，不久韓琪就被刺落馬，韓瓊連放三箭，都被趙雲用槍撥開；趙雲反射一箭，射中他臉頰，韓瓊墮地而亡；韓瑤見兩弟都死在趙雲之手，急急揮動大刀向趙雲砍來，趙雲躲過刀砍，索性放下長槍，一把擒住韓瑤回陣，放下韓瑤後又轉回戰場。韓德見四個兒子被趙雲殺的殺、捉的捉，早就嚇破了膽，逃回了陣。鄧芝帶兵追殺，西涼兵大敗，韓德差一點被趙雲捉住，丟盔棄甲**落荒而逃**。

鄧芝祝賀趙雲説：「將軍年已七十，還是像以前那樣勇猛。今天上陣打敗了四將，真是世上少有啊！」

趙雲回答説：「丞相覺得我已年老，不想用我上陣，我只是想表明自己還是可以的啊！」

第二天，夏侯楙親自與韓德一起帶兵到鳳鳴山前擺開陣勢挑戰趙雲。韓德想報殺子之仇，輪着大斧上陣，趙雲揮動長槍應戰，不到三個回合就刺死了韓德。趙雲馬不停蹄直取夏侯楙，夏侯楙嚇得逃入兵陣，兵敗後投靠了羌胡。

之後諸葛亮乘勝繼續北上，他採

取**聲東擊西**的戰術——派趙雲作出進攻關中的姿態，和鄧芝帶領一支部隊作為疑軍從東面先出發到鄡縣，在斜谷道牽制魏軍，吸引他們的主力，這是一條比較快捷抵達長安的道路；而諸葛亮則率領大軍從西邊進攻祁山，路途較遠，但不為人注意。

趙雲領會諸葛亮的意圖，他的部隊**大張旗鼓**出發，笙鼓齊鳴、旌旗飄揚，一副對長安**志在必得**的氣勢，佔據了箕谷，揚言要進攻鄡縣，司馬懿立即派大將曹真去支援鄡縣對抗趙雲。

同時，諸葛亮的主力部隊西行來到祁山，隴右地區的安定、南安、天

水三個郡不戰而降，就這樣諸葛亮扼住了西往涼州的咽喉。司馬懿覺察到趙雲只是佯攻，急忙派張郃帶領一支五萬人的部隊開往西線戰場。諸葛亮的軍事參謀馬謖受命去西線要道街亭阻擊張郃部隊，但是他沒按照諸葛亮的指示，擅自作主紮營在南山山頂，被張郃斷了水源又截了糧草，大敗而歸，按軍法處斬了。失了街亭，諸葛亮就沒有了北進的可能，只得撤回。

　　東線的趙雲雖然是佯攻，但是也經歷了艱苦的戰鬥。他們佔住的箕谷是褒斜棧道的南口，趙雲讓鄧芝守住南口附近的蜀軍軍需倉庫赤岸，自

131

己帶軍沿着棧道北上。另一方面，為了保住長安，曹真沿着褒斜道一路殺來。

這條棧道長約一百里，在峭壁上鑿出洞插進木條，架起了簡陋的小道，一邊是陡峭的懸崖，一邊凌空，行走在上異常驚險。趙雲部隊在褒斜道北口遇到曹軍，展開了一番廝殺，因為曹軍人數眾多，趙雲、鄧芝的部隊與之不能相比，諸葛亮就下令要趙雲撤退。

趙雲對鄧芝說：「魏軍知道我們退兵，一定會追來。我先埋伏一支人馬在後，將軍領着部隊打着我的旗號

慢慢撤退，我一步步護送你們。」

魏將蘇顒（粵音容）帶兵三千進入箕谷，眼看就要追上蜀軍時，見山坡後面亮出一面寫着趙雲兩字的紅旗，蘇顒急忙退走。但走不到數里，前面又衝出一支隊伍，這次是真的趙雲部隊出現，蘇顒措手不及，被趙雲刺死了，魏兵便潰散。趙雲慢慢撤退，途中又遇到兩支魏軍追來，魏兵見到是趙雲帶領的人馬，都不敢近前。趙雲擋住了一將，又殺退了另一將，如此一步步護送鄧芝的人馬安全撤退到漢中，自己也**全身而退**。

諸葛亮帶軍撤回到漢中，點算

人馬損失，見趙雲、鄧芝帶回來的部隊軍容整齊，輜重武器也沒有太多損失，問道：「街亭撤退，我軍很是混亂；而你們從箕谷退兵歸來，部隊編制卻如同出發前，這是什麼原因呢？」

鄧芝回答說：「因為趙將軍及時聚攏隊伍安排大部隊撤退，他親自斷後，阻擋魏軍追擊，魏軍見到趙將軍都懼怕，不敢猛追，因此撤退中沒損一人一騎，物資也沒有損失。」

諸葛亮稱讚道：「這是真將軍啊！」就要賞趙雲五十斤黃金，還要把一萬匹絹賞賜給趙雲部隊，趙雲辭謝說：「我們沒有立功，是有罪的，

怎麼還能受賞呢？請丞相把這些財物寄放在赤岸倉庫，到了冬天賜給將士使用吧。」諸葛亮歎道：「往日先帝常誇子龍有德，果然是如此啊！」

這次北伐失敗，諸葛亮引咎自降三級，趙雲也要求以降級來懲罰自己，被貶為鎮軍將軍。

## 完美人物

到了公元229年，趙雲在成都病逝，享年七十六歲。臨終前，他仍念念不忘北伐大業。當諸葛亮得知他的死訊，淚流滿面，悲痛欲絕，大呼老天爺奪去他的一條臂膀。

因為趙雲曾在成都附近的大邑駐兵防守抵禦羌族人，所以後主劉禪就將他厚葬在大邑城東的銀屏山麓。

趙雲一生跟隨劉備南征北戰三十年，他不僅是一名忠心耿耿維護漢室的猛將，更是一位正直仁義的賢臣。他在戰場上建功無數，也因為作戰鮮少失誤，被世人稱為常勝將軍。他以

國家和民眾利益為重，毫無私心，在重大問題上都能坦率說出自己的意見，曾多次向劉備**直言進諫**，也往往有先見之明。

如攻下益州後趙雲**力排眾議**，勸劉備不能把田地房產分封給將領，而應歸還民眾；關羽戰敗被孫權殺害後，劉備一心要出征東吳為關羽報仇，別人不敢出面阻止，但趙雲強烈反對，向劉備直諫道：「討伐曹魏是國事是公事，而為兄弟復仇是私事。曹操是國賊，曹丕篡權引起公憤，是征討他的有利條件，要利用民憤佔領關中討伐逆賊，必定能深得人心，

獲得關東一帶義軍響應。若是不去攻打曹魏而是與孫權開戰，難以速戰速決，一打就停不下來了啊！」但當時劉備正氣憤難平，所以沒有接受趙雲的意見。

趙雲心無雜念，以社稷利益為重，為國發掘人才，**舉薦賢能**。當年博望坡一戰中，趙雲活捉了曹軍副將夏侯蘭，他們是同鄉，自幼便相知，趙雲了解夏侯蘭為人正直，便向劉備求情饒了他一命。因為夏侯蘭熟知律法，趙雲便向劉備推薦他擔任了軍正，是軍隊中的執法官。自此之後為了避嫌，趙雲便不與夏侯蘭有任何私

人來往。

趙雲跟隨諸葛亮第一次北伐時，在天水關與曹軍將領姜維交戰多次，細心的趙雲發現這位年輕將領的武功與自己**不相上下**，而且會用計謀，是個人才，回來便向諸葛亮推薦。於是，諸葛亮用計收服了姜維，任命為中監軍、征西將軍。姜維日後成為蜀漢的一位重要人物。

趙雲逝世後，劉禪每每想起趙雲當年在當陽七進七出拯救他，還截江奪主，在艱難險阻時刻總是奮不顧身拯救自己，對趙雲思念甚深。他在斟酌趙雲的謚號時，大將軍姜維等人認

後主劉禪

為：趙雲戰功顯著、**忠誠保主**、厚待下屬，而部下不計較生死為他效命，按照謚法，溫和、德才兼備、有愛有智是為「順」，處事公正、**克敵平亂**是為「平」，所以追謚趙雲為「順平侯」，可說是精煉概括了趙雲的一生。

趙雲一生善始善終，是一位忠勇雙全的賢臣將，深得其他將領敬重和士卒部下的熱愛，後人稱讚他為「完美人物」。

**下冊預告**

**下一位出場的人物是誰？**

他的武功威名遠播，令人聞風喪膽！

他頭戴三叉束髮紫金冠，身披西川紅錦百花袍。

他把方天畫戟舞得虎虎生威，駕着赤兔馬日行千里，奔如雲箭！

他一生戰績彪悍，卻被視為三國羣雄中的反派？

他是誰？

**欲知下冊人物故事，且看《三國風雲人物傳13》！**

三國風雲人物傳 12
# 忠勇虎將趙雲

作　　者：宋詒瑞
插　　圖：HAND SOLO
責任編輯：陳奕祺
美術設計：徐嘉裕
出　　版：新雅文化事業有限公司
　　　　　香港英皇道 499 號北角工業大廈 18 樓
　　　　　電話：(852) 2138 7998
　　　　　傳真：(852) 2597 4003
　　　　　網址：http://www.sunya.com.hk
　　　　　電郵：marketing@sunya.com.hk
發　　行：香港聯合書刊物流有限公司
　　　　　香港荃灣德士古道 220-248 號荃灣工業中心 16 樓
　　　　　電話：(852) 2150 2100
　　　　　傳真：(852) 2407 3062
　　　　　電郵：info@suplogistics.com.hk
印　　刷：中華商務彩色印刷有限公司
　　　　　香港新界大埔汀麗路 36 號
版　　次：二〇二四年六月初版

ISBN: 978-962-08-8411-5